HELEN HALL LIBRARY
100 Walker St
League City, TX 77573
D0518068
Feb 17

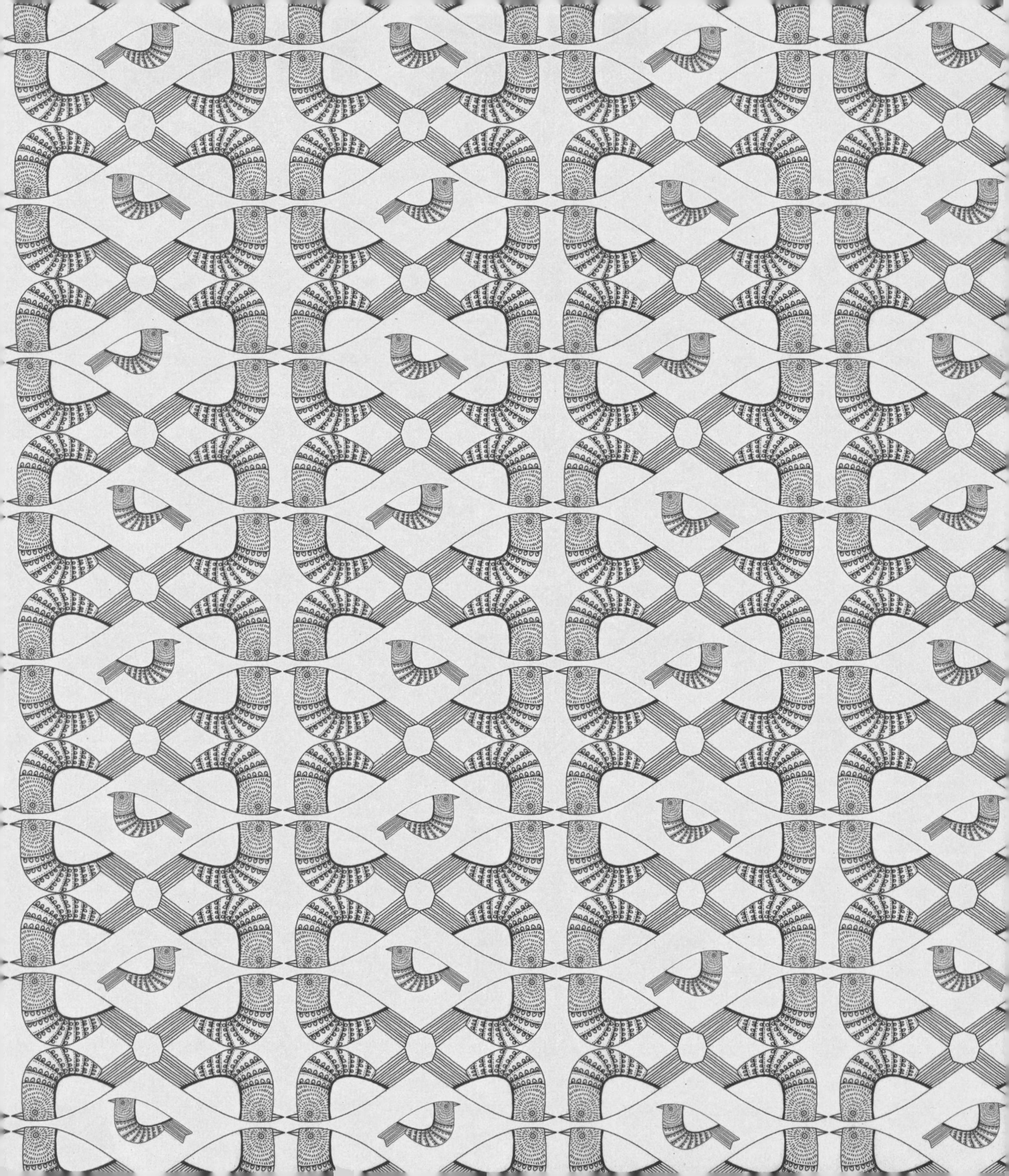

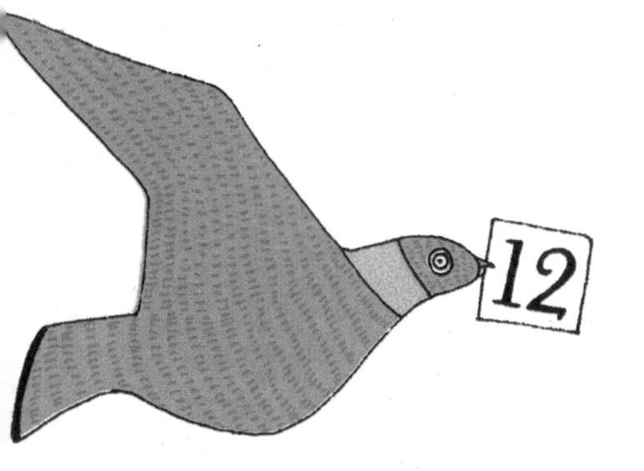

Cuenta los pájaros

Escrito e ilustrado por Alice Melvin

Corimbo

A Will, que me ayudó con las palabras y mucho más.

La casa duerme en silencio en esta noche templada,
pero alguien ya está despierto en cuanto llega el alba.

¡Quiquiriquí!

Un gallo canta contento para saludar al sol.
Es la señal de que un día de primavera nació.

1

Dos inseparables naranjas, rojos, verdes y amarillos.
Al oírlo se levantan en su jaula del pasillo.

Tres patos que vuelan juntos en una fila ordenada,
se ven de pronto bañados por una intensa luz dorada.

Cuatro crías muy pequeñas pían y abren el pico.
Piden su desayuno, hambrientos desde su nido.
Uno de ellos es un cuco. ¿Cuál piensas que puede ser?
Es el más grande de todos. ¡El doble que los otros tres!

5

En la cuna está durmiendo muy arropado un bebé.
Cinco pájaros de tela giran juntos sobre él.

Escondidos en las ramas y las hojas de este seto
seis gorriones marrones están buscando alimento.

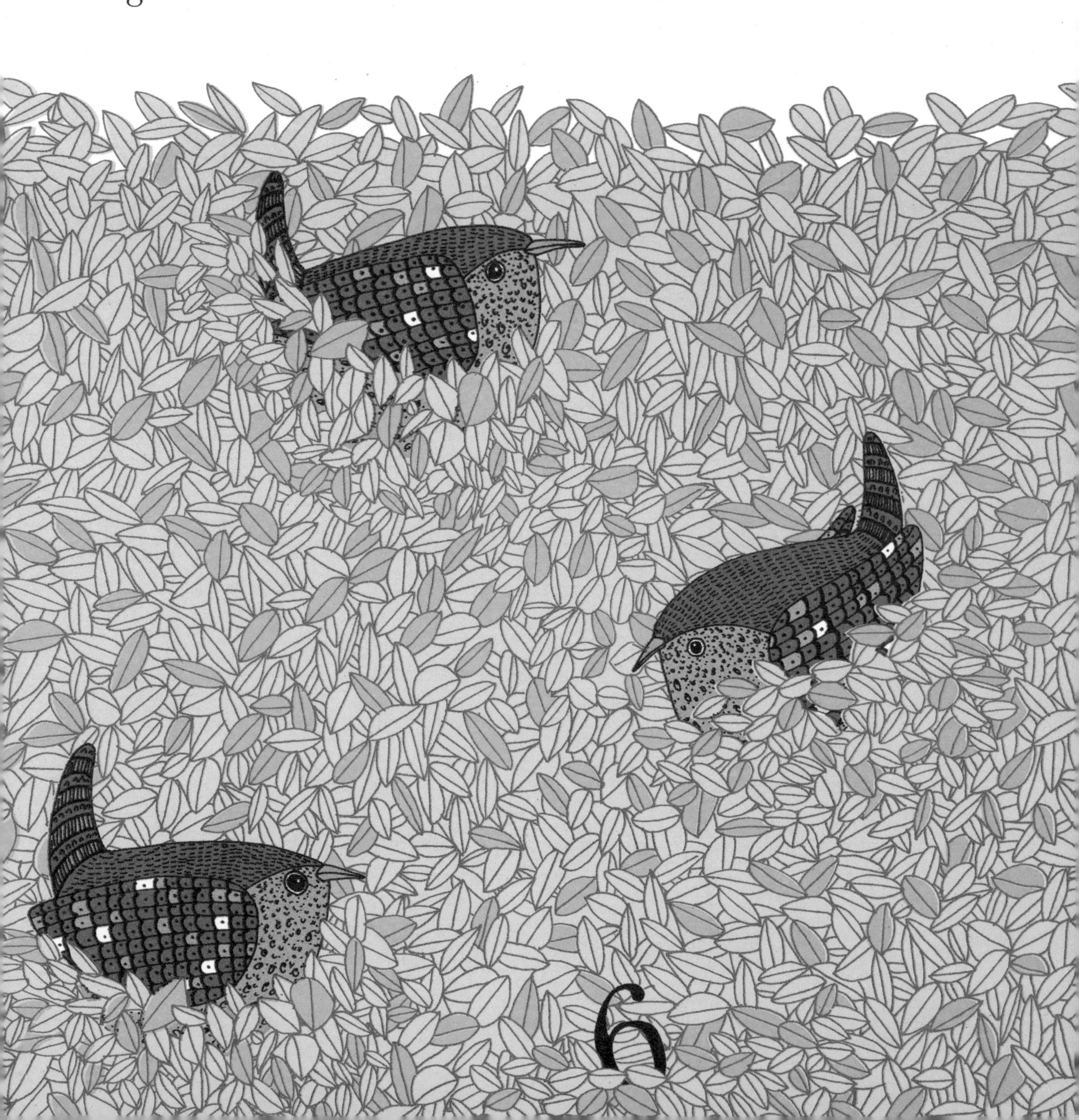

Siete urracas parlanchinas gritan
desde los cerezos.
Entre las flores del árbol se dicen
muchos secretos.

La gallina atareada picotea en el suelo.
Busca granos y comida para sus ocho polluelos.

Cuando llega el mediodía, salen juntos de paseo.
Son nueve pavos reales que alzan sus largos cuellos.
Presumen de hermosas plumas y de diseños preciosos
con azules y turquesas, que parecen muchos ojos.

9

Es la hora de la merienda. La mesa está preparada.

Hoy te acompañarán diez aves de porcelana.

Once pinzones hambrientos se acercan a buscar migas.
Ven algunas por el suelo y también en la vajilla.

Sobre un cielo azul vemos una bandada.
Doce palomas al vuelo surcan el aire apuradas.

12

Las palomas cuando pasan, observan desde lo alto
trece faisanes en fila caminando alrededor de un árbol.

13

En el agua cristalina, con la cabeza muy alta,
catorce cisnes muy blancos nadan moviendo las patas.

Quince patitos pequeños pescan con mucho esmero.
Unos hunden la cabeza y levantan el trasero.

16

Paso a paso, entre graznidos,
todos vuelven al corral,
dieciséis gansos ruidosos que ya quieren descansar.

Se esconde el sol tras la chimenea
y diecisiete estorninos van a tener una fiesta.
Juegan juntos distraídos y cantan alegres cantos
porque saben que están lejos de las uñas de este gato.

Cuando la luz se ha marchado y llega la oscuridad
dieciocho golondrinas a un cable se van a posar.

18

El cielo está muy oscuro y avanzan entre tinieblas.
Son diecinueve grajos con sus siluetas tan negras.

Estampados en la tela de las cortinas cerradas
veinte pájaros se juntan para cubrir la ventana.

Ahora que ya todos duermen, otro animal se despierta.
Es la lechuza del árbol que por la noche está alerta.
Pulula y levanta el vuelo. Planea y mueve las alas.
Ella espera en solitario hasta que regresa el alba.

Fin

Av. Pla del Vent 56, 08970 Sant Joan Despí (Barcelona)
corimbo@corimbo.es
www.corimbo.es

Traducción al español de Ana Galán
1ª edición marzo 2015

Publicado por primera vez en 2011 por the Tate Trustees
de Tate Publishing, una división de Tate Enterprises Ltd.
Millbank, London SW1P 4RG

Título de la edición original "Counting birds"
Publicado con el acuerdo de Phileas Fogg Agency

Impreso en Barcelona

Depósito legal: DL B. 2163-2016
ISBN: 978-84-8470-539-0

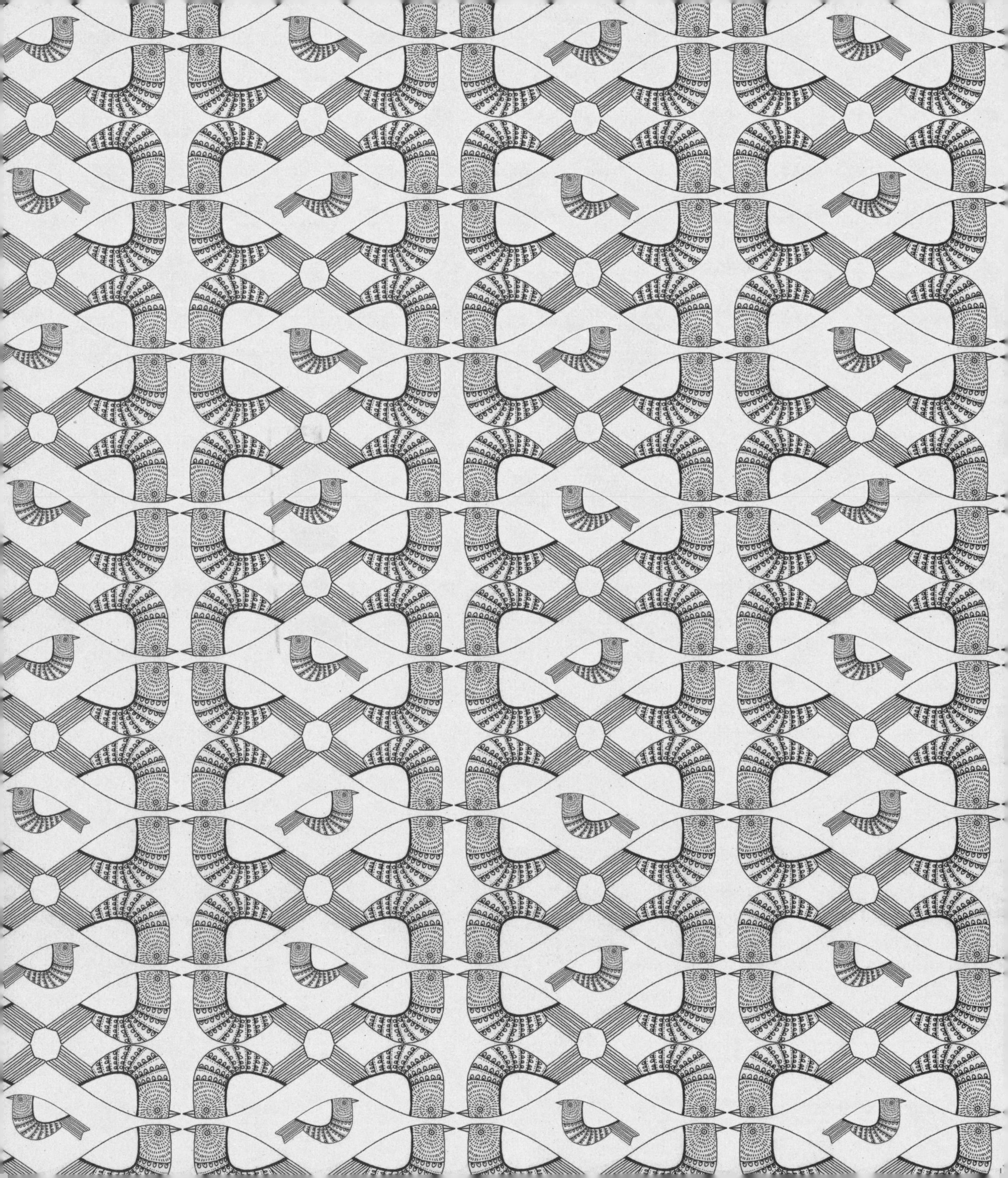

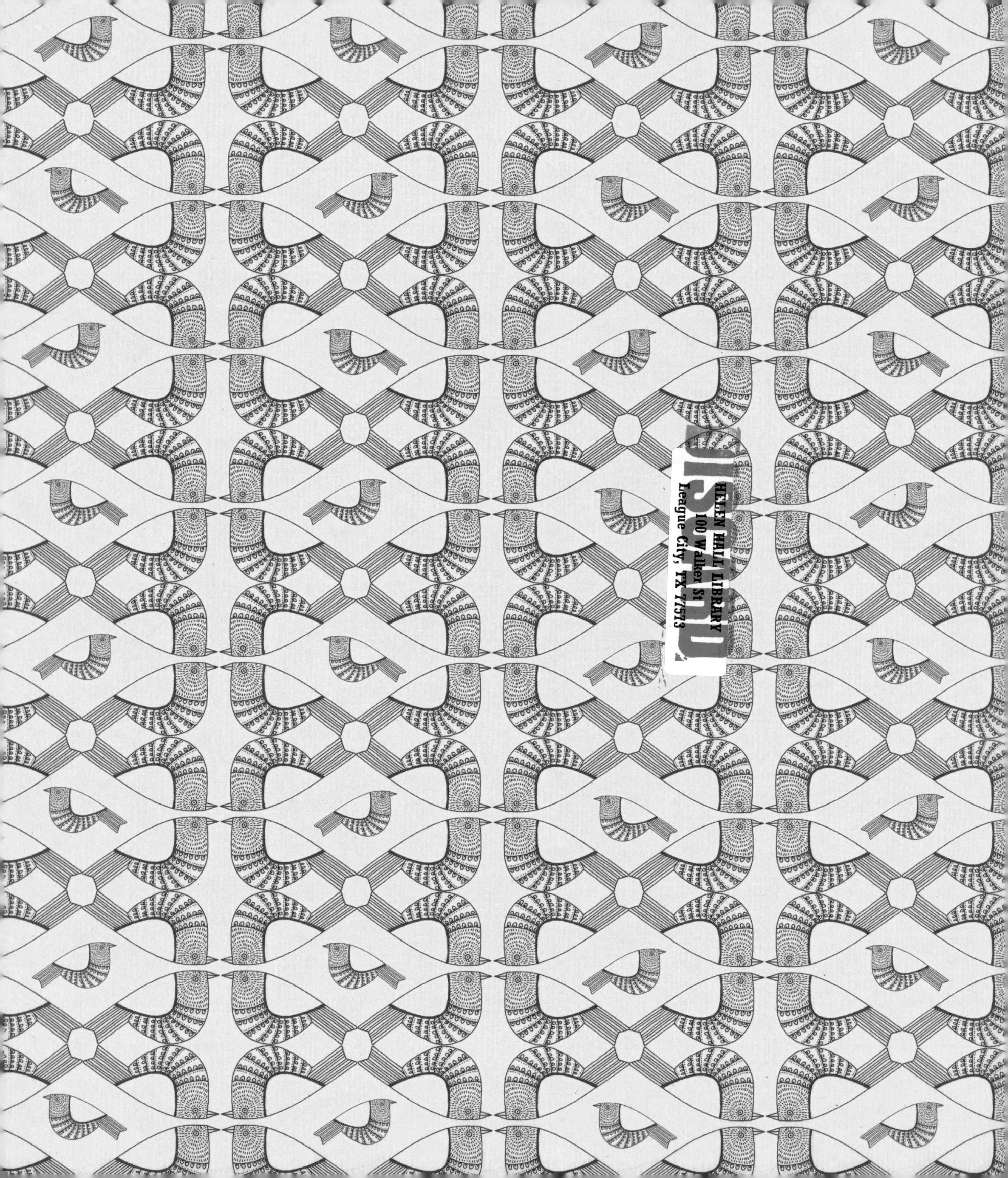